トルコブルー

Turquoise Blue
Nona Akari

野名紅里

邑書林

トルコブルー＊＊＊目次

装釘…………寺井恵司

トルコブルー

解体

一日を透けては濁る水母かな

君がわたしを君と呼ぶ詩にあげはてふ

厚き音して東雲の鯉幟
柚子の花甘やかされて育つたの

薔薇園にたつたひとつの薔薇ばかり

目頭にふくらみ少し夏霞

桜桃の実や大学に門四つ

ほほづきの花呼び止めて用も無し

編むやうで解けるやうで夏の川

涼しさよ瓶がラベルを剝がされて

誰も星を数へ切らざる涼しさよ

片かげり目を褒められて目を逸らす

残された大葉が濡れてゐる時間

大いなるトマト大きく裂けてをり

薄蒼きトマトの中や郷を出づ

ストローを使はぬ男夏旺ん

ひまはりの一つめくれてゐる花びら
ひまはりを離れて本を買ひにいく

肩車されて祭の上を行く

空蟬のこはれやすきをこはさずに

占ひを信じぬ母や黒ビール

白シャツの背を真先に忘れたし

油彩画の深読みされる暑さかな

コメディを必要としてボート漕ぐ

ずつと新しい滝ずつと見てゐたり

骨張つた手が整へるかき氷

かき氷屋の行列をよけて行く

つかれたと笑ふ日傘の傾ぎかな

少年を日傘の中に誘ひけり

日焼子がバスの後ろの席で泣く

三つ編みをしんなり解く秋思かな

ストリートオルガン秋の暮れてゆく

秋の虹きれい消えても飽きないよ

しまうまが鼻擦り合はす木染月

へろへろと地図広げたる菊日和

透明や皮より葡萄出づるとき

あらかたは繫がつてゐる葡萄の実

秋風や数へる指を折り返す

その畦に案山子の下半身が雑

廃校の記事を案山子に着せてゐる

月光に知る公園のかたちかな

上弦の月大木に住まふ猿

切実な嘘なら許す柿たわわ

道らしく胡桃の殻を並べけり

朝寒や植物園にそつと鳥

その柚子に全部見られてゐるやうな

はじめからある海いまは秋の海

晴れやかやや書けば一人となれる秋

水澄みて口笛吹けばそれも澄む

露一粒ひとに会ふ日のはじまりぬ

露の玉伝はせる葉であるからに

本棚の隙間に置いてある毛糸

人のかたちを知るために毛糸編む

どつしりと冬服を干す時間かな

剝き終へて何にも似ない蜜柑の皮

百貨店にトルコブルーの日記買ふ

胸の高さにクリスマスプレゼント
福寿草ひと温かく柔らかく

あんなところにからうじてつもる雪
うみにふるゆき帰りたい帰りたい

しつとりと大きく割れて雪だるま

早送りややや巻き戻し炬燵猫

兄弟を丸ごと容れてゐる炬燵

みんな居てみんな黙つて冬の星

しばれるやそのネイリスト薄化粧

たたたんではひらく手紙や鴨眠る

その影を誰とも知らず虎落笛

冬の蝶とは踊るのをやめた蝶

囀の中に鳴かない鳥が居る

バレンタインデーお好みでブランデー

啓蟄の唇に色選びたる
麗かに卵の殻の積まれけり

麗かにビーズを透けてゐる糸よ

貝寄風や引いて解体するリボン

春宵のあなたを常緑と思ふ

のどけしや便箋三種各二枚

春風邪の教官に怒られてゐる

すつぴんに終へる一日チューリップ

少年が上から覗くチューリップ

さくらさくら歌ふ女と呼ばれまして

堂々と花の写真にうつりこむ

ふらここを漕ぐとき声の遠くあり

デージーが終はりの中で始まりたい

語彙

茉莉花に雨や平気で生きようか
明易し遠くに船を見てゐれば

日短てろんと脱がすブックカバー

薔薇咲いて思ひ出す絵の薔薇がある

カーテンの裏へ蜘蛛の子まはりこむ

白牡丹怖い女と呼ばれたし

あの歌と言へば伝はる花空木
アカシアの花明るさを飼つてゐて

紫を溜め茄子の茎茄子の花

知る人を見て声かけぬ祭かな

ほうたるの話隣のテーブルは
一葉が蛍数匹隠しけり

雨雲や蓮の狭間にみづを見て
カフェに客一人店員二人の夏

焼酎やかつて優秀たりしこと
この海よ先に裸になつてあげる

空蟬をごつそり詰めてある袋

落語家の一人何ン役玉の汗

汗だくを褒められるとき汗落ちる

スケッチの鉛筆平た百日紅

噴水の漢詩一節ほどに立つ

白バイのゐる交差点日の盛

文明や滝に消される言葉あり

滝の奥より滝落ちる音のして

アイスクリーム掬へば影の生まれけり

空き家にも等しく雨や合歓の花

寄書きのまづ似顔絵のソーダ水

香水の手首を曲げて受け取りぬ

船酔ひのあぶくなる吐瀉炎天下

永遠や波を忘れて泉ある

初秋の煉瓦の赤さそれを買ふ

手花火のバケツの中に折れてをり

揚花火唇の皺よく見えて

台風や抱けば小さき犬となり

蜩の声ふくらんでまとまつて
キッチンにはりついてゐる西瓜の種

秋扇開ききらさず使ふひと

虫時雨眠る姿勢の定まらず

宿に朝くちびるで剝く葡萄の皮

胎動のやうなる鼓動棗の実

秋雨や砂場へ続くすべり台

重陽や坂の奥からバスが来る

読み終へて表紙明るし一位の実

こんこんと濁点打つて文化の日

身に入むや踵の着地より歩く

霜月の左手を描く右手かな

山茶花と意訳に近いあなたの絵

シーソーの一方に乗り冬浅し

凩が求めつづけた革命を

名の木みな枯れ音楽を混ぜ合はう

きつねがきつと幸せである夢を見て
おでん煮るいぢわるがなくなりますやうに

地球儀にまつすぐな軸冬菫

鯛焼の撫でれば硬い鰭である

冬薔薇の花びらの縁丸まつて
千両や言ひ返せずに幼子は

雪が降るのかわたくしが昇るのか
校門に置いていかれる雪だるま

冬のある日提出物を全部捨てる
父親と上手く巻けないマフラーと

卵酒飲めば怖かつたと分かる

適当にいつもある距離冬苺

白い部屋マスク分別して捨てる

大切でいつまでも居た冬の星

寒鯉の乗り上がるほどぶつかり合ふ

らふそくの上澄漂へる二月

怒らないで聞いてね梅も咲いてるし
淡雪を受けとめにゆく女たち

薄氷をこはさぬほどに押す手かな

流氷が愛に定義を与へけり

鶯のこゑ石鹼は網の中

三月が終はる小雨の露天風呂

春塵や海へ空へと男たち

ふらここがそこにあるから歩きだす

寝返りの象春泥を輝かす

夕暮のミモザが語彙に晒される

いぬふぐりいつも遊んだ川辺へ行く

マネキンの視線紋白蝶を追はず

春服とハンガーはなればなれの昼

憲法記念日白いリボンのおもてうら

説教のあひだを蟻に嚙まれてゐる
ともだちも私も大人しやぼんだま

指先

眼裏の赤に似てゐる薔薇を探せ

筍をビニル袋に提げて来る

ぼうたんの表面にしか触れられず
六月の母の名前の布屋かな

紫陽花や言葉の中で話し合ふ

紫陽花の奥に生まれてしまひさう

おだやかに守宮を逃がす人である
梅干のやはらかく君成人す

通りすがりのペガサスに聞く虹のこと
くらげより変な女と思ひけり

レモンサワーのレモン絞つてもらひけり

君が寝て君が残した缶ビール

雲に似たレースだからか編んでゐる

言葉より更に怪しい夜の金魚

相席のバス夏帽を触れ合はす

祖父の撮る祖母や大きな夏帽子

半分になつたゼリーの倒れ方
怒つてゐますサイダーを頼みます

新聞の余白の昏さソーダ水

風鈴が鳴れば育つた町のやう

風鈴をべつたり握り少年は

噴水の小さなときに伝へけり

青年二人噴水に濡れにゆく

ピーマンのなか曖昧に白くあり

作り置く麦茶の底のまどろみよ

第二理科室男子水泳更衣室

ほどほどに水着濡らしてする話

書かれない詩が落ちてゐるプールサイド

しわくちゃの浮輪に入れるひと息目

まふたつに千切る食パン仏桑花

お隣の扇子の風に寄る娘

扇風機売り場で母を待つてゐる

病院の絵本破けて夏の果
カンナ咲く駅から映画館までを

錠剤の軽く小さく流れ星

愛するひと愛されるひと月も星

横顔が月の白さになつてゐる
フェンス隔てて芒たくさん揺れてゐる

パレットの端に柘榴のいろ作る
椿の実いつかよくなることいくつか

脱ぐ靴のくたびれてをり草の花

混ぜるたび湯気新たなる茸飯

どの秋果に似てゐる心なのだらう
切り落とす梨の芯より匂ひけり

忘却といふ爽やかな浜に寝る

蟷螂を上手につけてゐる背中

どんぐりがときどき落ちてくるベンチ
どんぐりのぶつかり合ふを手の中に

秋うららからんころんと舟揺れて

秋晴や港の猫のよく育つ

はぐれれば市の秋刀魚と目が合ひぬ

干す柿の影となるまで話しけり

それぞれの舟に時雨を受ける音

焼芋のふくらんでゐる皮の焦げ

マフラーの奥で寂しくなつてゐる
手袋が上手にめくる週刊誌

手袋を外す重ねる話しながら

たいやきを向かひ合はせて並べけり

バス停や白息交はらず流る

極月の象は地球を家として

柚子風呂の柚子ふくよかに姉嫁ぐ

冬麗や脚立斜めに運ばれて

兎抱くための胸なら静かなり

牡蠣殻のバケツの底に響きけり

鯒はとつくにずつと踊つてゐる
絨毯のうへの全てが静物画

退屈な手が絨毯を往き来する

父を待つ炬燵の中の朱色の脚

耳当の外より道を聞かれけり

街頭をみな寂しくて着ぶくれぬ

蒲団からはみ出た足がふざけ合ふ

指先の冷たさを以て椅子を引く

美しきサクラクレパス雪催

バスケットゴールの縁に雪積もる

雪の白さを心臓が考へる

シクラメン水を離れて水の音

足音で母だと分かる二月かな

ずれながらつながるずれてゆく余寒

ほんのりと赤子の指紋牡丹雪

同じ詩を嫌つてをりぬ春吹雪

マドラーを咥へる女春の雪

独唱の男の眉や流氷期

風船を離したくなる恋である
生活のとほくへ風船が昇る

風船の光のときと影のとき
ゴム風船しぼんでポケットに仕舞ふ

知識とは別に風車がまはる
かざぐるままはるどこからこはれるか

ライオンの睫毛短し石鹸玉

ざらざらと閉まる引き出し入彼岸

新しき椅子のいくつか卒業式

恋猫と音楽が傷ついてゐる

キャンディでいつぱい春のペンケース

蝶々の群れを武力で威圧せよ

ヒヤシンス分からないから話すなよ

ヒヤシンス大人はここで泣かないし

やさしさを花菜畑に探してゐる

菜の花とそれと私も描いて欲しい

木の家に傷が多くて夕朧

一本の机に並び桜餅

たましひがからだを満たす春の潮

恋人に習ふポーカー春の雨

蒲公英や牛乳瓶の蓋は紙

たんぽぽの綿毛もぞもぞ崩れけり

ボートレース祖父の二重の深きこと

コンビニで買ふ歯刷子や春の宵

とほい国の言葉が解る蛍烏賊

藤棚と藤の絡まる思考かな

かつてカフェたくさん春の鳥が来る

トルコブルー　をはり

好きな色の句集ができてうれしいです。
支えてくださったみなさまのおかげです。本当にありがとうございました。
これからも俳句を書いていきます。

二〇二三年六月一日

野名紅里

野名紅里 のな あかり
1998年生まれ。
2016年「里」入会。
2017年「秋草」入会。
2023年 公益社団法人俳人協会会員。

句 集 トルコブルー
著 者 野 名 紅 里 ©

発行日 2023 年 7 月 30 日

発行者 島田牙城
発行所 邑書林《ゆうしょりん》
〒 661 - 0035 兵庫県尼崎市武庫之荘 1 - 13 - 20
Tel. 06 - 6423 - 7819
Fax. 06 - 6423 - 7818
郵便振替 00100 - 3 - 55832
E mail. younohon@fancy.ocn.ne.jp
Online shop http://youshorinshop.com

印刷・製本 モリモト印刷株式会社
用 紙 株式会社三村洋紙店

定 価 1,980 円（本体 1,800 円）
ISBN978-4-89709-942-2